Arthur von Sodenstern

Die Anfänge des stehenden Heeres in der Landgrafschaft Hessen-Kassel

Antigonos

Arthur von Sodenstern

Die Anfänge des stehenden Heeres in der Landgrafschaft Hessen-Kassel

Unveränderter Nachdruck der Originalausgabe von 1867.

1. Auflage 2024 | ISBN: 978-3-38614-987-7

Antigonos Verlag ist ein Imprint der Outlook Verlagsgesellschaft mbH.

Verlag: Outlook Verlag GmbH, Zeilweg 44, 60439 Frankfurt, Deutschland, info@outlook-verlag.de
Vertretungsberechtigt: E. Roepke, Zeilweg 44, 60439 Frankfurt, Deutschland
Druck: Libri Plureos GmbH, Friedensallee 273, 22763 Hamburg, Deutschland

Die
Anfänge des stehenden Heeres

in der

Landgrafschaft Hessen-Kassel

und dessen Formationen

bis zum Ende des dreißigjährigen Krieges.

Nach Original- und anderen Quellen bearbeitet

von

Arthur von Bodenstern,

Hauptmann im Königlich Preußischen Generalstab.

Der Ertrag dieser Schrift ist für die „Kronprinz-Stiftung" zu Gunsten der Verwundeten und Invaliden der Preußischen Armee bestimmt.

Cassel,
Verlag von A. Freyschmidt.
1867.

Vorwort.

In der unter dem 8. October in Kurhessen feierlich ver=
kündeten Allerhöchsten Proclamation verheißt Seine Majestät der
König speciell den Wehrkräften unseres engeren Vaterlandes:

„Euere kriegstüchtige Jugend wird sich ihren Brüdern in
Meinen anderen Staaten zum Schutze des Vaterlandes
treu anschließen, und mit Freude wird die preußische
Armee die tapfern Kurhessen empfangen, denen in den
Jahrbüchern deutschen Ruhmes nunmehr ein neues größe=
res Blatt eröffnet ist.“

Mit vollem Vertrauen haben die hessischen Truppen diese
Königlichen Worte aufgenommen, mit gleichem Vertrauen sind sie
jetzt in die preußische Armee getreten.

Die hessische Division vermag mit gerechtem Stolz auf eine
Jahrhunderte alte ruhm= und ehrenreiche Vergangenheit zurück=
zublicken.

Sie ist stets von dem innigen Wunsche beseelt gewesen, zu
diesen mit dem Blute ihrer Vorfahren erworbenen Lorbeeren frische
Zweige an der Seite d e r Bundesgenossen erkämpfen zu dürfen,
in deren Reihen sie jetzt aufgegangen.

Daß ihr während des vergangenen Sommers dies versagt
geblieben, wurde und wird schmerzlichst empfunden.

So bringt sie denn zunächst nur die Erbschaft ihrer Väter und das Verlangen, sich dieser würdig zu erweisen, der preußischen Armee in Verbindung mit dem Bewußtsein entgegen, daß sie als Zeugniß des in ihr lebenden Geistes und der mit ihr verwachsenen Disciplin im Laufe dieses Jahres eine Probe ohne irgend welches Wanken bestanden hat, wie solche nicht leicht an eine andere Truppe getreten sein dürfte.

Den neuen Waffenbrüdern aber einen Blick in die Vergangenheit unserer eng vaterländischen Heeresgeschichte zu gewähren, ist der Zweck der Veröffentlichung der nachfolgenden kleinen Schrift. *) Angesichts des Erlöschens der hessischen Division als selbstständigen Corps dürfte es von speciellem Interesse sein, gerade die ersten Anfänge derselben näher kennen zu lernen.

Möge der jetzige Beginn ihres Wiederauflebens als eines Theiles der sieggekrönten preußischen Armee sich gleichen Segens wie jene ersten Anfänge erfreuen! Möge es ihr bald vergönnt sein, in ähnlicher Weise entscheidend einzugreifen, als diese es vermocht und eine erneuerte Feuertaufe den Beweis führen, daß der alte Hessengeist noch ungeschwächt lebt!

Cassel, im November 1866.

Der Verfasser.

---

*) Es ist dieselbe bereits vor zwei Jahren in der „Oesterreichischen militärischen Zeitschrift von Streffleur", XIII. Heft abgedruckt, dann aber in Folge weiterer Nachforschungen noch mehrfach verändert worden.

1.

In älteren Zeiten, ehe stehende Heere errichtet wurden, be=
standen, wie im übrigen Deutschland, so auch in der Landgraf=
schaft Hessen=Kassel, die Truppen aus den Aufgeboten der Ritter
und der Landschaft, wie aus fremden, für bestimmte Unterneh=
mungen geworbenen Söldnern.

Die ersten Anfänge eines stehenden Heeres zeigen sich nach
dem Regierungsantritt des Landgrafen Moritz 1592, welcher
„einige Haustruppen, Fußknechte, Hauptleute und reisige (berittene)
Diener bestellte, denen der Obrist von Kassel, Befehlshaber der
Stadt und Festung, vorstand.“

1599 und 1602 findet man Spuren einer fürstlichen „Leib=
guardi“; auch wurde zu dieser Zeit der „Articuls=Brieff der
Knecht“ veröffentlicht, welche Kriegsartikel bis 1689 in Giltigkeit
blieben.

Im Jahre 1600 wurde alsdann neben den erwähnten Auf=
geboten 2c. ein besonderer Landausschuß von 4 Regimentern zu
Fuß errichtet. Sie hießen nach den Flußgebieten, aus deren
waffenfähiger Mannschaft vom 16. bis zum 45. Jahre sie gebildet
werden sollten, das Deimelische (Diemel'sche), das Werrische,
das Fuldische und das Schwalmische.

Nach der Erbschaft der Hälfte von Oberhessen 1605 fügte
Landgraf Moritz noch ein fünftes, das Lahn'sche Regiment,
sowie 4 Fähnlein seiner Rheinprovinz hinzu.

Der „Instruction vom 1. October 1600“, sowie der solche
ergänzenden „Ordonance vom 13. April 1601“ und weiteren

Actenstücken zufolge sollten diese Regimenter eine Art Landwehr „zur Vertheidigung des Vaterlandes gegen Spanier und andere auswärtige Feinde" bilden. *)

Die erwähnten Gesetze 2c., — unter denen noch von ganz besonderer Wichtigkeit das vom Landgrafen Moritz an seinen Oheim, Landgrafen Ludwig den Aelteren zu Marburg, gerichtete, 145 Folio-Seiten starke Sendschreiben vom Jahre 1600, — enthalten zugleich die nöthigen Anweisungen für die taktische Ausbildung der Mannschaft, deren Ausrüstung, Bewaffnung 2c. Mit Ausnahme der Tuch- oder Kirsey-Hosen, welche als Abzeichen der einzelnen Regimenter in jedem von gleicher Farbe, und zwar im Deimelischen blau, im Werrischen roth, im Fuldischen braun und im Schwalmischen grün sein sollten, war als Bekleidung nur ganz im Allgemeinen vorgeschrieben, daß im Sommer Hüte von Filz, im Winter rauhe Mützen, Wämser von Leder oder Leinen, Schuhe oder Halbstiefeln, Handschuhe und Strümpfe, nach Schnitt und Farbe ad libitum, zu tragen seien. **)

---

*) Vergleicht man die oben in Rede stehenden Gesetze 2c. des Landgrafen Moritz mit den späteren Schöpfungen Gustav Adolphs im Kriegswesen, so tritt die geistige Verwandtschaft derselben so klar hervor, daß man gar manche der letzteren als Ausführungen der ersteren zu betrachten geneigt wird; — ganz unverkennbar dagegen ist, daß die hochbelobten Einrichtungen des Herzogs Georg von Braunschweig-Lüneburg vielfach nur eine Nachahmung der vom Landgrafen Moritz gemachten Vorschläge und Anordnungen gewesen sind.

**) Durchaus im Widerspruch mit obigen Bestimmungen findet sich in einzelnen späteren, auf Authenticität Anspruch habenden handschriftlichen Nachrichten die Angabe, daß das Deimelische oder Kassel'sche Regiment blau mit weiß, das Werrische roth mit weiß, das Fuldische oder Landesfürstliche grün mit schwarz, und das Schwalmische oder Ziegenhain'sche gelb mit schwarz gekleidet gewesen sei. Der Verfasser jener hat hierbei sich ganz offenbar durch die einer späteren Zeit angehörende Art der Bekleidung zu einem irrigen Schlusse auf deren Bestehen von Anfang an verleiten lassen.

Für die Bewaffnung mit Musketen, Arkebusen, Puffern, Piken, Hellebarden, Rondassen, Cordelassen u. s. w. waren genauere Vorschriften ertheilt, und sollten die Hauptleute auf möglichste Gleichförmigkeit nach einem Muster halten, wie dies später nach und nach auch bezüglich der Kleidung eingeführt wurde.

Weiter war dann endlich auch noch die Ausrüstung mit leichten, tragbaren Leinenzelten verfügt worden, deren Stäbe die Mannschaft auf dem Rücken, deren Zeug sie gleich einer Feldbinde um den Leib zu tragen hatten. Außer zum Aufschlagen von Lagern sollten die lanzenförmigen Zeltstangen und zugehörigen Stricke noch dazu dienen, in der Eile einen Zaun um die gevierte Schlachtordnung gegen Reiterangriffe ziehen zu können.

Die Bewaffnung stellte Anfangs der Landgraf; für Besoldung und Bekleidung hatten die Städte zu sorgen.

Bei der ersten Aufstellung der Regimenter waren dieselben in 9 Fähnlein oder Compagnieen abgetheilt. Ueber die Stärke der letzteren, sowie ihre Eintheilung in 3 oder 4 Corporalschaften sind die Nachrichten sehr verschieden, und hat offenbar ein öfterer Wechsel hierin stattgefunden. Im Allgemeinen scheinen sie zwischen 130 und 170 Mann stark gewesen zu sein, und wurden für gewöhnlich in Rotten zu 8, gegen Cavallerie aber 16 Mann hoch rangirt.

Ein Fähnlein von 132 Mann sollte bestehen aus 1 Hauptmann, 1 Lieutenant, 1 Fähnrich, 1 Feldwebel, 1 Führer, 1 Fourier, 1 Feldscheer, 1 Musterschreiber, 1 Pfeifer, 3 Trommelschläger = 12 Köpfen; ferner aus 6 Rotten (48 Mann) Pikenierer, 3 Rotten Musketierer, 3 Rotten eingereihte Arkebusierer oder Schützen, 3 halben Rotten (12 Mann) Extraschützen und 3 halben Rotten Hellebarbierer und Rondassierer = 120 Köpfen. Von der Mannschaft sollten 40 Mann Veterani oder Honorati (Corporale, Ambassaten, Gefreite, Rottknechte, überhaupt Leute von

Erfahrung, Autorität, Tapferkeit, die höher bezahlt wurden), die 80 übrigen aber Gemeine oder Recruten (Gregarii oder Tirones) sein.

Der Regimentsstab hatte aus 1 Obrist, 1 Obristlieutenant, 1 Regimentsschultheis, 1 Wachtmeister, 1 Quartiermeister, 1 Proviantmeister, 1 Profoß und 1 Troßführer zu bestehen.

An Troß führte ein Regiment von circa 1400 Köpfen 49 Wagen und Karren nebst 236 Pferden und 172 Knechten 2c. mit sich.

2.

Wie schon erwähnt, so war sowohl die Stärke der Fähnlein, als die der Regimenter eine verschiedene, und fanden in den nächsten Jahren fortwährende Veränderungen statt. Die wichtigste war die Verminderung der Zahl der Fähnlein, dagegen die Vermehrung der inneren Stärke bis zu 300 Köpfen. Nach einer Musterrolle aus dem Jahre 1608 zählte

das Deimel'sche Regiment in 5 Fähnlein 1502 Mann *)
„ Werrische „ „ 5 „ 1313 „

---

*) Das 1. Fähnlein = 327 Mann recrutirte aus der Altstadt Kassel mit dem Kirchspiel Ahne und Vogtei,

„ 2. „ = 302 „ aus der Neustadt Kassel mit dem Gericht Neustadt und Baune,

„ 3. „ = 293 „ aus Wolfhagen und Zierenberg,

„ 4. „ = 297 „ aus Grebenstein, Geismar und Immenhausen,

„ 5. „ = 283 „ aus Trendelburg, Helmarshausen, Liebenau und Zapfenburg.

= 1502 Mann.

Die übrigen Regimenter in ähnlicher Weise. — Als Aushebungsnorm für die einzelnen Bezirke war anfangs der zehnte, später der jemalig fünfte waffenfähige Mann festgesetzt.

das Fuldische   Regiment in 5 Fähnlein 1323 Mann
  „ Schwalm'sche   „   „ 5   „   1263   „
  „ Lahn'sche ob. weiße   „   „ 6   „   1753   „

Der effective Bestand dieser 5 Ausschußregimenter, zu welchen dann noch die 4 Fähnlein der Rheinprovinz kamen, betrug 1620 = 8500 Mann. Es waren dieselben übrigens nicht beständig versammelt und unter den Waffen; vielmehr sollte nach den Bestimmungen von 1600 und 1601 die Mannschaft jedes Fähnleins für gewöhnlich in ihren Bezirken verbleiben. Hier sammelte sie sich meist Sonntag Nachmittags zu den vorgeschriebenen Uebungen. Monatlich einmal sollte das ganze Fähnlein zusammengezogen, gemustert 2c. werden, nach Verlauf einiger Monate ein Gleiches mit mehreren Fähnlein und dies alljährlich wenigstens einmal im ganzen Regiment geschehen. — Besonderer Werth wurde bei Ausbildung der Mannschaft auf gymnastische Uebungen gelegt, diese auch den Schulen empfohlen und geradezu als die „Wiege kriegerischer Mannhaftigkeit" bezeichnet.

Unter den Aenderungen, welche Landgraf Moritz in der bis dahin meist üblichen Schlachtordnung einführte, sind hier besonders hervorzuheben: Gleichmäßige Vertheilung der Befehlshaber auf alle Seiten des Schlachthaufens, während sie bisher vorzugsweise in dem vordersten Gliede versammelt waren. -- Verwechselung des bisherigen Gebrauchs, die Musketiere zum Vorgefecht und als Außenflügel der Schlachthaufen, die Arkebusiere aber unmittelbar an die Piken zu stellen (denn die erste Waffe war schwerer und langsamer zu bedienen, auch minder leicht zu ersetzen); — Verkleinerung und Vervielfältigung der Schlachthaufen, indem deren mindestens zwei aus einem Regiment formirt werden sollten; — schachbrettförmige (dem Landgrafen Moritz eigenthümliche) Stellung derselben in zwei Linien, die Intervallen und Flügel mit Schützen, bei wenig Reiterei auch wohl mit Geschwadern gefüllt; — die leichte Artillerie auf beiden Flügeln zwischen das Fußvolk und zwischen die in einzelnen Fahnen bei einander aufgestellte Reiterei, — die schwere hinter der Mitte in Bereitschaft. — Eine Vermischung der Reiterei mit Schützengruppen war für einzelne Fälle empfohlen.

Die schachbrettförmige Haufenstellung sollte von der Reiterei wie vom Fußvolk auf Rückzugsgefechten zu einem abwechselnden Durchziehen angewendet, auch beim Angriff wie in der Vertheidigung die schräge oder stufenförmige Schlachtordnung der Alten benutzt werden. Endlich auch noch Vorschläge zu anderen, als den bisherigen „Quadratordnungen": die Pikeniere sollten ein hohles, gleichseitiges Viereck mit offen bleibenden Ecken bilden. In letztere wurden die Schützen (Arkebusiere) placirt, an den beiden Außenseiten durch die der Länge nach aufgefahrenen Wagen oder durch die bereits erwähnte Umzäunung mittelst der Zeltstangen und Stricke geschützt. Der Rest der Fuhrwerke hatte eine Wagenburg im Innern des Vierecks zu bilden, von welcher herab die Musketiere über die Pikeniere hinweg feuerten. Auch wurde noch empfohlen, statt eines zusammenhängenden Vierecks deren 4 kleinere zu gegenseitiger Unterstützung mit einer Reserve in der Mitte zu formiren.

3.

Außer dem erwähnten Landesausschuß waren, wie schon Eingangs bemerkt, zeitweise auch noch geworbene Truppen vorhanden, vorzugsweise jedoch nur zur Stellung verpflichteter Hilfe und dergleichen nach auswärts. Deren Zahl war daher auch durchaus unbestimmt und ganz und gar von den jemalig obwaltenden Verhältnissen abhängig. Bei dem Zuge gegen Rees stellte Landgraf Moritz im April 1599 als Contingent zu, dem insgesammt 16,000 Mann starken Kreisheere: 13 Fähnlein Fußvolk, 12 Compagnieen Reiter, nebst Geschütz und Feldzeug = 5000 Mann, die im selben Jahre auch wieder abgedankt wurden.

Die drohenden Zeitverhältnisse erforderten dann wiederholt eine Neuwerbung, resp. Vermehrung der schon vorhandenen Söldner, worüber fast stets Streitigkeiten mit den Landständen und der Ritterschaft wegen Verwilligung der durchaus nothwendigen Geldbeträge entstanden.

Im Jahre 1620 wird unter den Soldtruppen ganz speciell eines Stockhausen'schen Regiments von 5 Fähnlein, sowie des gleich starken Regiments des Herzogs Franz Carl von Sachsen-Lauenburg erwähnt.

Einer Berechnung des Landgrafen Moritz von 1615 zufolge sollte ein Regiment geworbenes Fußvolk aus 10 Compagnieen zu 200 Soldaten, halb Musketieren, halb Pikenieren, bestehen.

4.

Was nunmehr die Reiterei in dem bisher besprochenen Zeitraume betrifft, so sind die Nachrichten über diese weit mangelhafter und ungenauer, als über die Infanterie, und nur in hohem Grade spärlich vorhanden.

Zunächst wurde dieselbe noch fortwährend durch die Aufgebote der Ritterschaft und Lehensleute gebildet, verweigerte erstere aber vielfach theils geradezu ihren Verpflichtungen nachzukommen*),

---

*) Alle adeligen Landsassen, Vasallen und Ritter waren verpflichtet, in Zeiten der Gefahr dem Aufgebot ihres Lehensherrn und Landesfürsten zu

theils sich den vom Landgrafen für nothwendig anerkannten Neuerungen: „als Eintritt in einen berittenen Landausschuß, Eintheilung in Compagnieen, Dienen außerhalb der Landesgrenzen u. s. w." zu fügen.

Neben derselben ist 1602 von einiger neu errichteten Reiterei die Rede. — 1607 klagen die Städte Wolfhagen und Homberg über die Anmaßungen der dort stationirten 250 Reiter. — 1608 wird eines geringen, auf die unmittelbaren Unterthanen des Landgrafen beschränkten sogenannten reisigen Ausschusses erwähnt. — Auf dem Landtage zu Treisa 1617 kommt die Unterhaltung des Ausschusses zu Fuß und zu Roß zur Sprache. — Im Landtagsabschiede von 1619 sind 2 Compagnieen geworbene Reiter aufgeführt, welche vom Lande unterhalten wurden. 1620 werden 5 Compagnieen Reiter des Stockhausen'schen Regimentes als frisch geworbene erwähnt.

In dem bereits früher angeführten Sendschreiben des Landgrafen Moritz an Ludwig den Aeltern zu Marburg wird der Nothwendigkeit von schwerer und leichter Reiterei oder von Küraffieren und Carabiniers gedacht. Außer den Seitengewehren sollte ein Theil der ersteren noch Lanzen, einzelne auch Pistolen führen.

Aus einer vom 6. Januar 1615 datirten Vorlage des Landgrafen Moritz an die Stände ergibt sich als Bestand einer Compagnie geworbener Reiterei: 1 Rittmeister, 1 Lieutenant, 1 Fen-

---

folgen, um das bedrängte Vaterland innerhalb seiner Grenzen und zum wenigsten auf etliche Monate auf eigene Kosten zu vertheidigen.

Im Jahre 1600 berechnete Landgraf Moritz, daß sich — unter Zuziehung der berittenen Hof= und Landdiener — 1800 Mann schwere und leichte Reiterei aus dem Lande bilden ließen. Bei einem Aufgebot von etwa 100 Rittergeschlechtern im vorhergehenden Jahre hatte er aber nur 227 Köpfe zusammen zu bringen vermocht, größtentheils noch dazu schlecht beritten und bewaffnet.

rich, 2 Corporale, 1 Furier, 1 Musterschreiber, 1 Fahnenschmidt, 1 Harnischknecht, 1 Feldscherer, 100 Küraffiere und 25 Harkebusierer, in Summa = 135 Köpfe. Bestand des Regimentsstabes: 1 Obrist, 1 Obristlieutenant, 1 Wachtmeister, 1 Quartiermeister, 1 Proviantmeister, 1 Profoß nebst Adjuncten, 1 Prädicant.

5.

Ueber den Zustand der Artillerie sind die vorhandenen Nachrichten und Aufzeichnungen in ähnlicher Weise spärlich und lückenhaft, wie die über die Reiterei. Geschütze haben übrigens nicht nur nicht gemangelt, sondern müssen sogar ziemlich reichlich vorhanden gewesen sein. So reclamirte z. B. Landgraf Moritz 1596 zwei Stück von dem Kurfürsten von der Pfalz, welche Landgraf Wilhelm IV. dem Herzog Christian von Anhalt geliehen und die dann in des Kurfürsten Hände übergegangen waren. 1598 schenkte er dem Herzog Adolph von Schleswig-Holstein zwei Geschütze. — 1608 läßt der Landgraf dem Kaiser Rudolph sagen: „die begehrte Karthaune stehe für ihn bereit, das Geheimniß des leichten Gießens könne er aber noch nicht mittheilen." — 1595 stellte er sich einem das Land durchziehenden 10,000 Mann starken Corps kaiserlicher Truppen unter dem Obristen Adolph von Schwarzenberg entgegen, wobei er die Straße mit Geschützen besetzte, und nöthigte jenes zu geordnetem Passiren. — 1599 ist von einer hessischen Batterie von 8 Geschützen vor Rees, 1604 bei dem Zuge gegen Paderborn von 20 Geschützen die Rede. — 1610 werden 6 Stück grobes Geschütz nach Rheinfels geschickt u. s. w.

Aus dem Allen ist also das Vorhandensein von Feld- und Festungsartillerie vollständig ersichtlich.

Hinsichtlich der Eintheilung und Verwendung der Feldartillerie, die zur Hälfte aus Kammerstücken oder Haubitzen bestand, gibt das wiederholt angeführte Sendschreiben an Ludwig den Aelteren wiederum den besten Aufschluß. Danach sollte dieselbe zum Theil den Regimentern, jedoch ohne Zersplitterung (also wie eine Art von Brigade=Artillerie) einverleibt, zum Theil aber eine schwerere General=Artillerie (Artillerie=Reserve) mehreren Regimentern zuge= theilt werden. Im Ganzen wurden auf je 1000 Mann 4 Ge= schütze gerechnet.

Zu 4000 Mann Fußvolk und 1000 Reitern erachtete Land= graf Moritz — der bereits erwähnten Vorlage vom 6. Januar 1615 zufolge — an Artillerie für nothwendig: 12 Karthaunen und 8 Falkaunen mit 1 Zeugwart, 1 Geschirrmeister, 1 Wagenmeister, 1 Zeugschreiber, 24 Kanoniers, 12 Falkoniers, 50 Schnellern und 50 Pionniers.

6.

Landgraf Moritz gehörte zu den deutschen Fürsten, die in heller Voraussicht und richtiger Würdigung der verderbenschwange= ren Zukunft die dem Sturmesausbruch vorangehende Stille be= nutzten, eine neue Kriegsverfassung in Einklang mit ihren bürger= lichen Reformen und Institutionen zu bringen. Hiermit trug ge= rade dieser Regent vorzugsweise dazu bei, dem hessischen Kriegs= wesen den eigenthümlichen, nationalen Stempel aufzuprägen, der es noch bis zum Beginn dieses Jahrhunderts so vortheilhaft unter den Zeitgenossen auszeichnete.

Kaum war jene in's Leben gerufen, so war er auch uner= müdlich in deren Befestigung durch Musterungen, Kriegsübungen aller Waffen im Verein und mehr dergleichen, — ließ es sich, kurz gesagt, auf's Aeußerste angelegen sein, dem drohenden Unheil mit waffengeübten Männern begegnen zu können, deren eigenstes Interesse die tapferste Vertheidigung des Vaterlandes erheischte.

In diesem Streben fand er, wie weiter oben schon angedeutet worden, Seitens seiner Unterthanen jedoch nicht die Unterstützung, weder an Geld noch an gutem Willen, welche die Verhältnisse unumgänglich erforderten. Die Verhandlungen in dieser Richtung mit der Ritterschaft, wie mit den Landständen, machen großentheils einen höchst unerquicklichen Eindruck. Vielfach hierdurch behindert, führte er aber dennoch unbeirrt seine weisen Verbesserungen, das einmal für recht und nothwendig Erkannte, soweit nur irgend thunlich, wenigstens bruchstückweise durch.

Die Drangsale des 1618 beginnenden furchtbaren Krieges vermochte er dem Lande nicht fern zu halten, trotzdem solches bis 1631 hin nicht direct activ an solchem betheiligt war. Von dem besten Willen beseelt, dasselbe kräftig zu schützen, wurde er lediglich durch die sich fort und weiter fort spinnenden Streitigkeiten mit den Ständen, die Engherzigkeit und den Ungehorsam der Ritterschaft an jedem entschiedenen Handeln vollständig gehindert. *) — Anderenseits unterliegt es aber auch keinem Zweifel, daß einzelne Gegenden unseres schwer bedrängten Vaterlandes, — und zwar gerade mit in der Zeit seiner Neutralität, — noch bei weitem mehr gelitten und von den Tilly'schen, Wallenstein'schen und an-

---

*) Als 1621 die Kriegsgefahr sich immer drohender gestaltete, dem Landgrafen aber von den Ständen und der Ritterschaft fortgesetzt die nothwendigsten Mittel verweigert wurden, jener kräftig begegnen zu können, faßte er bereits den Gedanken zu resigniren oder sich einen Nachfolger bei Leibes Leben zu setzen. „Wenn er" — so schrieb er insgeheim seinem Sohne Wilhelm — „um seine grauen Haare nicht mit Schmach und Schande unter die Erde bringen zu lassen, hierin dem Beispiele Davids folge, der doch willigere Stände und Unterthanen gehabt, als er, so hoffe er zu Gott, hierin keine größere Sünde zu begehen, als jener fromme König; so wenig ein Prediger bei seiner Pfarrgemeinde beharren könne, die ihm alle Folge in der Lehre und jeden Beitrag zur Kirche und Schule verweigere, so wenig könne er mit solchen Ständen fortregieren u. s. w."

beren Schaaren in noch viel höherem Grade ausgesogen worden sein würden, hätte der Landesausschuß, trotz so mancher ihm an= klebender Schwächen und Mängel, nicht einen Kern gebildet, um welchen sich die sonstig waffenfähigen Männer hin und wieder zu schaaren und Gewalt mit Gewalt zurückzuweisen vermochten.

Seinem Sohne und Nachfolger Wilhelm V. (1627—1637), sowie dessen Gemahlin, der hochherzigen Landgräfin Amalie Elisabeth (1637—1650), blieb es dagegen vorbehalten, auf dem durch die Kämpfe des Vaters bereits mehr geebneten Grunde wei= ter zu bauen, in den ferneren Verlauf des Krieges auf das Ent= scheidendste einzugreifen und den alten hessischen Waffenruhm bei Feind und Freund von Neuem zu höchstem Ansehen und Ehren zu bringen. *)

Die in Vorstehendem kurz geschilderte erste Art von Land= wehreinrichtung fand übrigens auch anderwärts, so namentlich in Sachsen, Braunschweig=Lüneburg, Bayern u. s. w. viel Anklang, stieß Anfangs in diesen Ländern jedoch auf ähnliche Schwierig= keiten, wie in Hessen. Insbesondere erbat sich auch im Jahre 1609 der Kurfürst Johann Sigismund von Branden= burg, welcher ähnliche Institutionen in's Leben zu rufen bemüht war, zu diesem Zwecke die Sendung zweier versuchter hessischer Landausschußofficiere nach Berlin.

7.

In der zweiten Hälfte von 1620 hatte die hessische Armee die Stärke von beinahe 12,000 Mann erreicht. Generallieutenant derselben war der Graf Wilhelm von Solms=Greifenstein.

---

*) Man rühmte den hessischen Truppen damals nach, „daß sie ihren Bundesgenossen von vorne eine starke Mauer, von hinten ein fester Riegel, und nie ohne Sieg und Ehre von ihren Feinden gekommen seien.“

Von sonstigen höheren Befehlshabern sind zu erwähnen bei der Reiterei: der Obrist Winter als Generalwachtmeister, Raphael von Rabenau als Quartiermeister, Arnd von Uffeln als Proviantmeister; bei dem Fußvolk: Obrist von Stockhausen, Johann von Uffeln, die Capitaine Lersner und Ungefuch.

Zu Ende 1621 und im Laufe von 1622 bestand dieselbe nach Quartierzetteln vom November 1621, vom Juni 1622 und anderen Nachrichten aus folgenden Truppentheilen:

1) Eine Compagnie Leibguardia zu Roß (unter dem Rittmeister von Capella).

2) Zwei Compagnieen, gebildet aus den Lehnpferden der Ritterschaft des Nieder= wie des Ober=Fürstenthums (unter den Rittmeistern von Hattenbach und von Haßfeld).

3) Fünf Compagnieen geworbene Reiterei (Cüraffiere), die sog. „alten Reiter=Compagnieen" (unter den Capitaine-Lieutenanten von Falkenberg, von Hundelshausen und von Harbefeldt, dem Obristlieutenant Elgar von Dalwigk, den Rittmeistern von Calenberg und von Schmalhausen). — Weiter dann noch drei speciell seit 1622 bestehende Compagnieen reitender Arquebusiere (unter den Rittmeistern Berckhewer, Mumme und dem Capitaine-Lieutenant Klein).

4) Fünf Ausschuß=Compagnieen Landreiterei von der Deimel, Fulda, Schwalm, Werra und Lahn (unter den Rittmeistern von der Malsburg, Castiglione und Hillebrandt, von Gilsa, Klinck und Winter), sowie eine Abtheilung in der niederen Grafschaft Catzenellenbogen.

5) Eine Compagnie Leibguardia zu Fuß, auch fürstliche Hoffahne genannt (unter Capitaine-Lieutenant Hillen).

6) Des Landgrafen Wilhelms Fuß-Regiment; 6 Compagnieen.

7) Des Obrist Vollprecht Riebesels Regiment zu Fuß; 6 Compagnieen.

8) Fünf Regimenter Landausschuß zu Fuß, nämlich das Deimelström'sche rothe (6 Fähnlein) *), das Fulda'sche grüne (5 Fähnlein — unter dem Obristlieutenant von Baumbach), das Schwalm'sche schwarze (4 Fähnlein — unter dem Obristlieutenant von Dalwigk), das Werra'sche blaue (2 Fähnlein — unter dem Obristlieutenant von Boyneburg) und das Lahn'sche weiße (6 Fähnlein — unter dem Obristlieutenant Winter) **).

Ferner auch noch der rheinische Landausschuß (1620 unter dem Obristwachtmeister Jost Christ. von Boyneburg). Im November 1621 finden sich die seit 1620 geworbenen und um diese Zeit wieder abgedankten 5 Fähnlein des Obristen Friedrich von Stockhausen als rheinisches Regiment aufgeführt, — 1622 und 1623 aber 3 neu errichtete Compagnieen desselben unter Johann von Uffeln erwähnt. ***) Sie bildeten wahrscheinlich den Kern, um den sich der Landausschuß dann schaarte.

---

*) Wird 1623 in einzelnen Schriften auch als graues Regiment aufgeführt.

**) Die Bezeichnung dieser Regimenter nach den Farben stimmt nicht mit den in der Ordonance von 1601 festgesetzten überein; Näheres in dieser Richtung war jedoch nicht zu ermitteln.

***) Den Verhandlungen mit den Landständen gemäß sollten im Laufe von 1622 die Soldtruppen, zu denen die oben unter 1) 3) 5) 6) und 7) erwähnten Abtheilungen gleichfalls gehörten, im Ganzen genommen 8 Compagnieen = 800 Mann Reiterei und 17 Fähnlein = 3400 Mann Fußvolk betragen.

9) Artillerie (ohne nähere Bezeichnung; 1621 unter Burkard
  Schetzel).

Mitte 1623 wird weiter alsdann noch des Obristen Philipp
Lippe von Heppenheim Regiment Arquebusier-Reiter (500
Mann) und dessen Regiment zu Fuß (15 Fähnlein = 3000
Mann) gedacht, welches vorübergehend auch unter dem Obrist von
Riebesel gestanden. — Gegen Ende des Jahres wurde dasselbe,
gleich der Mehrzahl der übrigen geworbenen Truppen, auf An-
bringen Tilly's und der Stände des Landes aber schon wieder bis
auf 5 Fähnlein zur Besatzung von Cassel abgedankt; später dann
auch noch weiter bestimmt, daß an Soldtruppen vorerst überhaupt
nicht mehr als ein Regiment von 4 Compagnieen zu 250 Mann
für Cassel und Ziegenhain, sowie die Besatzung von Rheinfels
unterhalten werden dürften. Auch ließ dieser kaiserliche Heerführer
einen großen Theil des Landausschusses entwaffnen und zerstreuen.

Ende 1625 und im Verlaufe von 1626 begann alsdann eine
Reorganisation der Landmiliz, und zwar an der Deimel auf
5 Fähnlein = 1000 Mann Landausschuß und 2 geworbene
Fähnlein = 500 Mann; an der Fulda und Schwalm auf
gleichfalls je 5 Ausschuß- und 2 geworbene, an der Werra aber
nur auf 3 Ausschuß- und 2 geworbene Compagnieen, wobei sich die
Obristen Volpert Riebesel und Jacob Hille, der Schloßhaupt-
mann von Cassel, Bärenfels, der Obristlieutenant Franz Elgar
von Dalwigk, die Capitaine Sittich von Buchenau und Hein-
rich Kalkhof ganz besondere Verdienste erwarben.

Weitere Details in dieser Richtung während der nächstfolgen-
den Jahre ließen sich nicht feststellen. Unter dem Druck der bis
1631 ständig dauernden Einlagerungen kaiserlicher Truppen und
Angesichts des fortgesetzten Widerstandes der Landstände, insbesondere der Ritterschaft gegen die Unterhaltung stehender Truppen-

theile, war das heſſiſche Wehrweſen aber keines Falls von er=
heblicher Bedeutung. Mit mehr Sicherheit vermag man dagegen
die von der Mitte des dreißigjährigen Krieges bis zum weſt=
phäliſchen Frieden vorkommenden Regimenter zu bezeichnen, ob zwar
auch hier noch manche Lücke auszufüllen bleibt.

Im Laufe von 1631 wurden nämlich die heſſiſchen Streit=
kräfte neu formirt und brachte Landgraf Wilhelm V. bis zum
September hin die Feldarmee, welcher er eine Auswahl der vor=
handenen Landwehr einverleibte, auf circa 10,000 Mann Fußvolk
und 2500 Reiter, beabſichtigte aber — den mit Guſtav Adolph
von Schweden Anfangs October zu Würzburg gepflogenen Ver=
handlungen gemäß — ſolche bis auf 15,000 Mann (12 Regi=
menter) zu Fuß und 6000 Pferde zu vermehren, eine Stärke, die
ſie bei den enormen Verluſten *) in den nächſten Jahren jedoch
nicht zu erreichen vermochte.

Bei einer zwiſchen 1633 und 1637 (eine nähere Beſtimmung
der Zeit fehlt) abgehaltenen Muſterung des heſſiſchen Heeres
beſtand daſſelbe aus folgenden Regimentern 2c.**):

Reiterei:

1) Die Leibwachen (fürſtliche

Leibguardia) . . . . . . = 2 Comp. mit 150 Mann.

---

*) So kehrten z. B. aus dem Feldzuge von 1632 von 2 Regimentern
Dalwigk nur 15 Reiter nach Caſſel zurück. Das grüne Leibregiment zu Pferd
(Roſtein) war gleichfalls völlig aufgerieben. — Ende 1633 beſtand das Regi=
ment Franz Elgar von Dalwigk noch aus 20 berittenen und 14 unberittenen,
das Regiment des Obriſten Rabenhaupt von Sucha aus 38 berittenen und
47 unberittenen Mann u. ſ. w.

**) Leider iſt der Zeitpunkt der Muſterung, wie ſchon oben erwähnt, trotz
ſorgſamſter Nachforſchung, nicht zu beſtimmen geweſen. Das Jahr 1634 hat
manche Wahrſcheinlichkeit für ſich; andere nicht minder wichtige Anzeichen
deuten aber ganz ſpeciell auf den Juli 1637, wieder andere auf die Zwiſchen=
zeit hin.

2) Das Regiment des General=
lieutenants Milander . . = 9 Comp. mit 497 Mann.

3) Das Regiment des Obristen
Ernst Albrecht v. Eberstein = 8 „ „ 600 „

4) Das Regiment des Obristen
Eppe . . . . = 4 „ „ 230 „

5) Das Regiment des Obristen
von Dalwigk . . . . = 5 „ „ 420 „

6) Das Regiment des Obristen
Ungefuch . . . . . = 5 „ „ 212 „

7) Das Regiment des Obristen
Karpffe (wurde später mit
5) vereinigt) . . . . . = 2 „ „ 148 „

8) Neue Compagnieen . . . . = 3 „ „ 160 „

9) Dragoner . . . . = 3 „ „ 216 „

= 41 Comp. mit 2633 Mann.

Fußvolk:

1) Das Regiment der Leib=
wachen (grünes Leibregmt.) = 15 Comp. mit 1500 Mann.

2) Das Regiment des General=
lieutenants Milander . . = 10 „ „ 721 „

3) Das Regiment des Obristen
Geyse . . . . = 11 „ „ 950 „

4) Das Regiment des Obristen
Romrod . . . . . . = 6 „ „ 645 „

5) Das Regiment des Obristen
Uffeln . . . . = 9 „ „ 924 „

6) Das Regiment des Obristen
    Karpffe . . . . = 9 Comp. mit 882 Mann.
7) Das Regiment des Herrn Mar-
    schalls (Hofmarschall von
    Günterode) . . . . . . = 6 „ „ 740 „
8) Das Regiment des Obristen
    Moritz Otto v. Günterode = 8 „ „ 800 „
9) Das Regiment des Obristen
    Nizeth . . . . = 8 „ „ 800 „
10) Das Regiment des Obristen
    Rabenhaupt (wurde da-
    nach mit 4) vereinigt) . . = 3 „ „ 400 „
11) Neue Compagnieen . . . = 3 „ „ 200 „

= 88 Comp. mit 8562 Mann.

Außerdem finden sich an verschiedenen Orten, sowohl in ge-
druckten, wie in archivarischen Quellen, noch einzelne hessische
Truppentheile als zwischen 1631 und 1636 bestehend angegeben,
allein es mangelt über diese ein jedes weitere Detail. So werden
insbesondere bei der Reiterei verschiedene Dragoner-Compagnieen
und Trupps unter Obristlieutenant Otto Moritz Günterode,
Major Staltz und Jacob (1631 und 1632), bei der Infanterie
8 Compagnieen des Generalmajors von Wiersheim (auch
Wickersheim 1634), das 1200 Mann starke Regiment des Obristen
Burgsdorff 1634 und 1636 u. s. w. erwähnt.

Ferner sind hin und wieder aber auch noch einzelne fremde
Regimenter als hessische bezeichnet worden, welche lediglich in
irgend einer Verbindung mit den vaterländischen Truppen gestanden. So unterhielt bei diesen z. B. die Witwe Friedrich V., des
geächteten Kurfürsten von der Pfalz und Königs von Böhmen,

eine Zeit lang 2 Regimenter à 6 Compagnieen unter dem Obrist=
lieutenant la Craye und dem Obristen Kolb von Wartenberg.
Inhaber des ersteren war der Graf Peter von Holzapfel, ge=
nannt Milander, seit Anfang März 1633 Generallieutenant
der hessischen Armee. — Mittelst französischer Subsidien sollte
diese selbst noch um weitere 62 Fuß=, 23 Reiter= und 20 Dra=
goner=Compagnieen vermehrt werden. Ueber deren theilweise Auf=
stellung unter den Obristen Wiederhold, Mortier, Baum=
bach u. s. w. fehlen nähere Angaben indessen gänzlich.

8.

Landgraf Wilhelm V. hatte seit der Neuorganisation der
hessischen Feld=Armee (1631) verschiedene Aenderungen in deren
Formation zc. eingeführt. Er war hierbei theils eigenen und den
vom Landgrafen Moritz her stammenden Ansichten gefolgt, hatte
vielfach aber auch die schwedischen Einrichtungen zum Muster ge=
nommen.

So umgab er sich mit einem eigenen Generalstabe (General=
quartiermeister Johann Geyse, Generalkriegscommissarius Otto
von Malsburg), bestimmte, daß je 2 Regimenter eine Brigade
formiren, die Infanterie=Regimenter nur ausnahmsweise stärker
als 8 bis 12 Compagnieen à 150 Mann sein, die Reiter=Regimen=
ter normal aus 6 Compagnieen oder Cornetten à 120 Mann be=
stehen, und die dünnere Stellung der Schweden angenommen wer=
den solle: die Infanterie in 6, die Cavallerie in 3 bis 4 Gliedern.

Gleichzeitig wurde die Bewaffnung erleichtert und zum Theil
geändert, die Arquebusiere zu Pferd z. B. ganz abgeschafft, dagegen
weniger schwerfällig ausgerüstete Dragoner eingeführt. Letztere
waren nicht geharnischt und mit einem Carabiner, zwei kurzen
Pistolen und einem Pallasch bewaffnet, wogegen die außerdem noch

beſtehenden Reiter oder Cüraſſiere einen langen Degen, zwei lange Piſtolen, Harniſch und Pickelhaube führten.

Bei dem Fußvolk wurden die 18 Fuß langen Piken der Pikeniere oder Knechte zu der 12 Fuß meſſenden Partiſane verkürzt, außer welcher ſie noch mit einem langen Säbel bewaffnet, ſowie mit Bruſtharniſch und Pickelhaube ausgerüſtet waren. Auch wurde ihre Zahl auf ein Drittel der Regimenter beſchränkt, während die mit leichteren, als den bisherigen Gewehren bewaffneten und behelmten, aber nicht geharniſchten Musketiere oder Schützen zwei Drittel derſelben bildeten u. ſ. w. Das grüne Leibregiment zu Fuß z. B. hatte (wahrſcheinlich im Sommer 1632) in 12 Compagnieen eine Effectivſtärke von 110 Rotten = 660 Mann Musketiere und 52 Rotten = 312 Mann Pikeniere. Dieſe waren übrigens nicht gleichmäßig, ſondern ſehr verſchieden in den Compagnieen vertheilt. So hatte die erſte Compagnie 4 Rotten Pikeniere und 9 Rotten Musketiere, die zweite 6 und 12, die fünfte 4 und 6, die achte 2 und 8 u. ſ. w.

Hinſichtlich der Bezeichnung der Regimenter nach Farben, wie ſolches — neben der Benennung nach den Chefs — während des breißigjährigen Krieges meiſt der Fall geweſen (ſiehe das folgende Verzeichniß), ſei weiter dann hier noch erwähnt, daß derſelben wahrſcheinlich die entſprechende Uniformirung zu Grunde gelegen. Anderen Nachrichten zufolge ſoll die Farbe der verſchiedenen Fahnen bei Benennung jener mit maßgebend geweſen ſein.

1632 wurde auch der Landesausſchuß mehr regelmäßig bekleidet und erhielt weiß und rothe Fahnen. Seine Bewaffnung ließ zunächſt noch Vielerlei zu wünſchen übrig, jedoch waren die Ausſchüſſe in den Städten meiſt mit Wallbüchſen und anderem Feuergewehr verſehen.

Ganz insbeſondere iſt hier auch noch des erſten Anfangs der

heutigen Jägerwaffe zu gedenken, indem Landgraf Wilhelm aus seinem Forstpersonal 3 Compagnieen speciell zur Versehung des Vorpostendienstes 2c. formirte.

Die Eintheilung 2c. der Artillerie verblieb wie bisher, und waren, die verschiedenen Geschützarten im Laufe der Zeit — gleich den übrigen Feuerwaffen — zum Theil nur etwas weniger schwerfällig und leichter handlich geworden. Außer Haubitzen und Mörsern ist von ganzen, halben und viertels Karthaunen zu 48, 24 und 12 Pfund Kugelgewicht, von 3= und 6pfündigen Feldstücken, von 2=, $1^1/_2$= und $1^1/_4$pfündigen Falkonets und Falkonetleins die Rede.

Zu den wichtigsten Verbesserungen des Landgrafen gehören endlich dann noch dessen Aenderungen in dem bisherigen Werbe=System. Gleich Gustav Adolph legte er sehr großen Werth auf seine National=Truppen. Er vermochte zwar dem Geist der Zeit nicht geradezu entgegen das gesammte Werbe=System völlig zu reformiren, wohl aber dessen vielfache Gebrechen zu milbern, und verstand gerade dies in solchem Maße, daß er besser, wie die meisten anderen Kriegsherren bedient wurde. Bisher bestand als allgemeine Sitte für Truppen=Werbungen die Capitulation mit irgend einem Obristen, welcher dann gegen eine gewisse Summe ein oder mehrere Regimenter zusammenbrachte. Der Obrist handelte seiner Seits nun wieder mit den Rittmeistern oder Hauptleuten, diese mit den Lieutenanten und so entstand endlich eine Truppe, aus allerhand Volk bunt zusammen gewürfelt, das seine Tapferkeit um den bestmöglichsten Preis verkauft hatte, und bald für, bald gegen dieselbe Sache kämpfte, je nachdem deren Führer das höchste Gebot gethan.

Landgraf Wilhelm ließ seine erst errichteten 4 Regimenter (die weißen und grünen zu Fuß und zu Pferd) nicht allein

auf eigene Rechnung werben, sondern ernannte auch die sämmt=
lichen Officiere. Der Gemeine bekam einen Thaler Handgeld und
24 Thaler für ein brauchbares Pferd; die gesammte übrige Equi=
pirung, welche sonst die Obristen und Hauptleute beschafft hatten,
stellte dagegen der Landgraf. Außer der Natural=Verpflegung er=
hielt jeder Gemeine monatlich 2 Thaler. Jede Werbung erstreckte
sich, wie dies übrigens auch schon seither üblich gewesen, zunächst
auf 3 Monate; erfolgte alsdann keine Kündigung, so dauerte das
gegenseitige Verhältniß vertragsmäßig weiter fort.

Im Laufe des dreißigjährigen Kriegs war diese neue Art
von Werbe=System zwar nicht ein für allemal durchzuführen,
mußte wiederholt vielmehr zu dem früheren Gebrauch des Accor=
birens mit den Obristen zurück gegriffen werden, stets behielt sich
der Landgraf aber die Anstellung der Officiere oder doch minde=
stens deren Bestätigung vor und vermochte dergestalt einen weit
bedeutenderen Einfluß auf seine Soldtruppen auszuüben, als dies
außerdem möglich gewesen sein würde.

<h2 style="text-align:center">9.</h2>

Bei Beendigung des Krieges 1648 bestand das h e s s i s c h e
Heer aus folgenden Truppentheilen, welche insgesammt an 3000
Mann Reiterei und 13,000 Mann Fußvolk zählten. Sie sind
nach der Zeit ihrer Errichtung aufgeführt und nach dem Stande
von 1648 benannt. *)

---

*) Obige Angaben gründen sich vorzugsweise auf officielle Documente,
Correspondenzen aus der Zeit des Kriegs und bald nach demselben und ähn=
liche Quellen. Bei den hierin so vielfach vorhandenen Lücken und Mängeln
war übrigens eine Feststellung der verschiedenen Regimentsinhaber und Com=
mandeure in durchaus ununterbrochener Folge nicht möglich. Sie war über=
haupt um so schwieriger, als einmal ein vielfacher Wechsel derselben, — dann
ein öfteres Zusammenschmelzen zu schwach gewordener Regimenter, — eine

Reiterei:

1) Die Leib=Compagnie des Landgrafen Wilhelm VI.

2) Das Regiment Landgraf Ernst, 10 Compagnieen.

Das grüne Leibregiment zu Pferd: Rostein 1631. Eppe 1634.	} Eppe 1637. {	Johann Ludwig Geyse 1638.
Das weiße Regiment: See= kirch 1631. Ungefuch 1634.		Leslie 1643. Swerts 1643.
Das blaue Regiment: Tilo Albrecht von Uslar 1631 bis 1632. Joh. Ludwig Geyse 1636 (auch 1633?)		Generalmajor Landgraf Ernst von Hessen = Rheinfels 1645.

3) Regiment Prinz v. Tarent, 10 Compagnieen.

| Franz Elgar von Dalwigk 1631—1633. Ernst Albrecht von Eber= stein 1636. Dragoner=Regiment: Schar= kopf 1631. Rabenhaupt v. Sucha 1633; 1637—40. Kotz von Metzenhof 1640. | } { | Ernst Albrecht von Eberstein 1641. Rauchhaupt 1644. Generalmajor de Tremouille, Prinz von Tarent 1648. |

Führung und Benennung solcher während einzelner Kriegsvorfälle durch und nach anderen Commandeuren als die eigentlichen Inhaber und mehr der= gleichen stattgefunden; — es endlich häufig auch an genauer Angabe des Zeitpunktes fehlte, wann die Betreffenden ihre Stelle erhalten. Es sind daher nur die Jahreszahlen angeführt, in welchen das Auftreten der verschiedenen Chefs zuerst mit möglichster Sicherheit zu bestimmen war. Einige wenige (nicht fest bestimmbare, sondern lediglich sehr wahrscheinliche) Angaben sind durch Einklammern und ? gekennzeichnet.

4) Das Leib=Regiment zu Pferd, 10 Compagnieen.
    Das rothe Regiment: Mercier 1631. Melander oder Milan=
    der 1633. Graf Kaspar von Eberstein 1640. .
    Das Leibregiment zu Pferd: Sprewitz 1645. Obrist Graf Hans
    Ernst von Wied 1647.

5) Das Regiment Graf von Wied, 10 Compagnieen.
    Kurt von Dalwigk 1631. Hans Wilhelm von Dalwigk
    1635. Leslie 1641. Boekhorst 1644. Sprewitz 1647.
    Obrist Graf Hans Ernst von Wied 1648.

6) Das Regiment Grobt (Groote), 10 Compagnieen.
    Schack 1639. La Boderie 1641. Obrist de Grobt 1642.

7) Das Regiment Mortaigne 1647 und zu Anfang 1648.
    (Nähere Nachrichten fehlen).

8) Des Generallieutenants Geyse Compagnie zu Pferd. (Details
    nicht vorhanden).

9) Frei=Compagnieen zu Pferd (wahrscheinlich 6, bestimmtere Nach=
    weise fehlen).

Fußvolk:

1) Das Regiment Wardenburg, 12 Compagnieen.
    Das grüne Leib=Regiment zu Fuß 1631. Joh. von Uffeln
    1632. Graf Kaspar von Eberstein 1632. Harstall 1636.
    Obrist von Wardenburg 1639.

2) Das Regiment Geyse, 12 Compagnieen.
    Das weiße Regiment: Tilo Albrecht von Uslar 1631. Obrist=
    lieutenant (später Generallieutenant) Johann Geyse 1633.

3) Das Regiment Günterode, 12 Compagnieen.
    Das rothbunte Regiment: Obrist und Hofmarschall Hans Henr.
    von Günterode 1631.

4) Das Regiment Steinfels, 12 Compagnieen.

Das blauweiße Regiment: Kurt Henr. von Uffeln 1631. Romrod 1632. Kötteriß 1637. Rabenhaupt von Sucha 1640. Obrist Steinfels 1648.

5) Das Regiment Moß, 12 Compagnieen.

Das schwarze Regiment 1631. Johann von Uffeln 1633. Fürst Friedrich von Anhalt-Bärnburg 1640. Koß von Meßenhof 1641. Obrist Moß 1647 (1646?).

6) Das Regiment Herzog von Württemberg, 12 Compagnieen.

Das rothe Regiment: Otto Reinhard von Dalwigk 1632. Melander 1633. Graf Kaspar von Eberstein 1640. Generalmajor Herzog Friedrich von Württemberg 1646.

7) Das Regiment Stauff, 12 Compagnieen.

Das braune Regiment 1632.

Von und zu Karpfen 1634.

Das neue gelbe Regiment: Rabenhaupt von Sucha 1634. Moriß von Günterode 1636.

Regiment Stauf 1645.

Obrist von Karpffen 1638.

(Obrist v. Karpffen 1647?)

Obrist Stauff 1648.

8) Das Regiment Benthon, 12 Compagnieen.

Das grünweiße Regiment: Wiederhold 1632. Obrist Benthon 1648.

9) Das Regiment Thüngen, 12 Compagnieen.

Das gelbe Regiment 1633. Nizeth 1635 (1634?). Obrist von Thüngen 1639.

10) Das Regiment Saint André, 12 Compagnieen.

Das blaue Regiment: Felberg 1637. Obrist de St. André 1646.

11) Das Regiment Wilich, 12 Compagnieen.

Das Leibfarbige Regiment: Obrist v. Wilich 1643.

12) Das Regiment Uffeln. Seit 1645. (Nähere Nachrichten fehlen).

13) Das Regiment Alefeld, 12 Compagnieen.

Obrist von Alefeld 1646.

14) Frei=Compagnieen zu Fuß (wahrscheinlich 14, bestimmtere Nach= weise nicht vorhanden.)

Druck von Friedr. Scheel in Cassel